颜体集字经典古诗文 二

主编 江锦世

人民美術出版社
北京

图书在版编目（CIP）数据

颜体集字. 经典古诗文. 二 / 江锦世主编. -- 北京：人民美术出版社, 2024.5
ISBN 978-7-102-09295-9

Ⅰ. ①颜… Ⅱ. ①江… Ⅲ. ①楷书－法帖 Ⅳ. ①J292.33

中国国家版本馆CIP数据核字(2024)第046717号

颜体集字经典古诗文 二

YAN TI JI ZI JINGDIAN GU SHI WEN ER

编辑出版 人民美術出版社
（北京市朝阳区东三环南路甲3号 邮编：100022）
http://www.renmei.com.cn
发行部：（010）67517799
网购部：（010）67517743

主　　编 江锦世
集字编者 江锦世 张文思
责任编辑 李宏禹 张 侠
装帧设计 王 珏
责任校对 魏平远
责任印制 胡雨竹
制　　版 朝花制版中心
印　　刷 北京印刷集团有限责任公司
经　　销 全国新华书店

开 本：889mm×1194mm 1/16
印 张：5.25
字 数：6千
版 次：2024年5月 第1版
印 次：2024年5月 第1次印刷
印 数：0001—3000
ISBN 978-7-102-09295-9
定 价：28.00元
如有印装质量问题影响阅读，请与我社联系调换。（010）67517850

出版说明

为响应国家弘扬中华优秀传统文化的号召，人民美术出版社策划出版了『颜体集字经典古诗文』丛书，其内容是精选中国古代经典古诗文。

集字书法选取了唐代书法家颜真卿的作品，其正楷端庄雄伟，行书气势遒劲，对后世影响很大，创『颜体』楷书，与欧阳询、柳公权、赵孟頫并称为『楷书四大家』，又与柳公权并称『颜柳』，被称为『颜筋柳骨』。

在集字过程中，选取颜体楷书风格上比较统一的单字进行重新组合，力争做到风格、字与字、行气上的整体呼应；对残损字做了修补处理，对找不到的书法单字选取风格一致的偏旁部首重新组合，保持了集字作品的整体风格统一。本书对书法爱好者学习传统书法具有一定的指导作用。

目录

夜宿山寺

唐 李白

危楼高百尺，手可摘星辰。
不敢高声语，恐惊天上人。

危

楼

高

百

尺

手

危樓高

百尺手

危楼高百尺，手

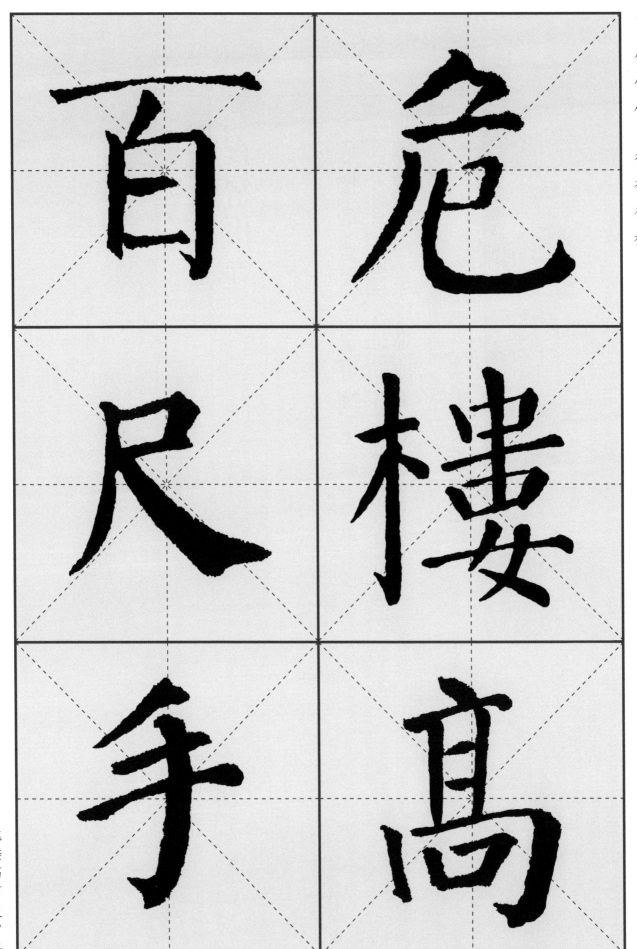

一 丆 丅 可

扌 扩 拵 摘

日 旦 星 星

厂 斤 斥 辰

一 丆 不 不

工 耳 耵 敢

可摘星辰不敢

可摘星辰。不敢

高聲語
恐驚天

亠 亩 髙 高
声 声 殸 聲
言 言 語 語
工 巩 巩 恐
苟 敬 驚 驚
一 二 天 天

高声语，恐惊天

上人。

夜宿山寺　唐　李白

上

人

夜宿山寺唐李白

丨 卜 上

丿 人

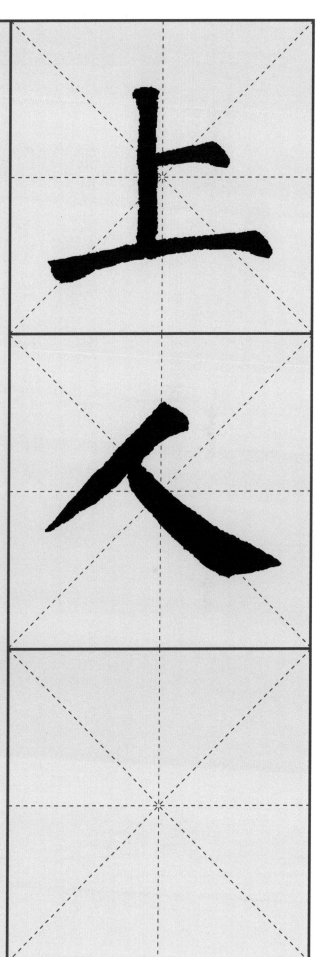

江雪

唐 柳宗元

千山鸟飞绝，万径人踪灭。
孤舟蓑笠翁，独钓寒江雪。

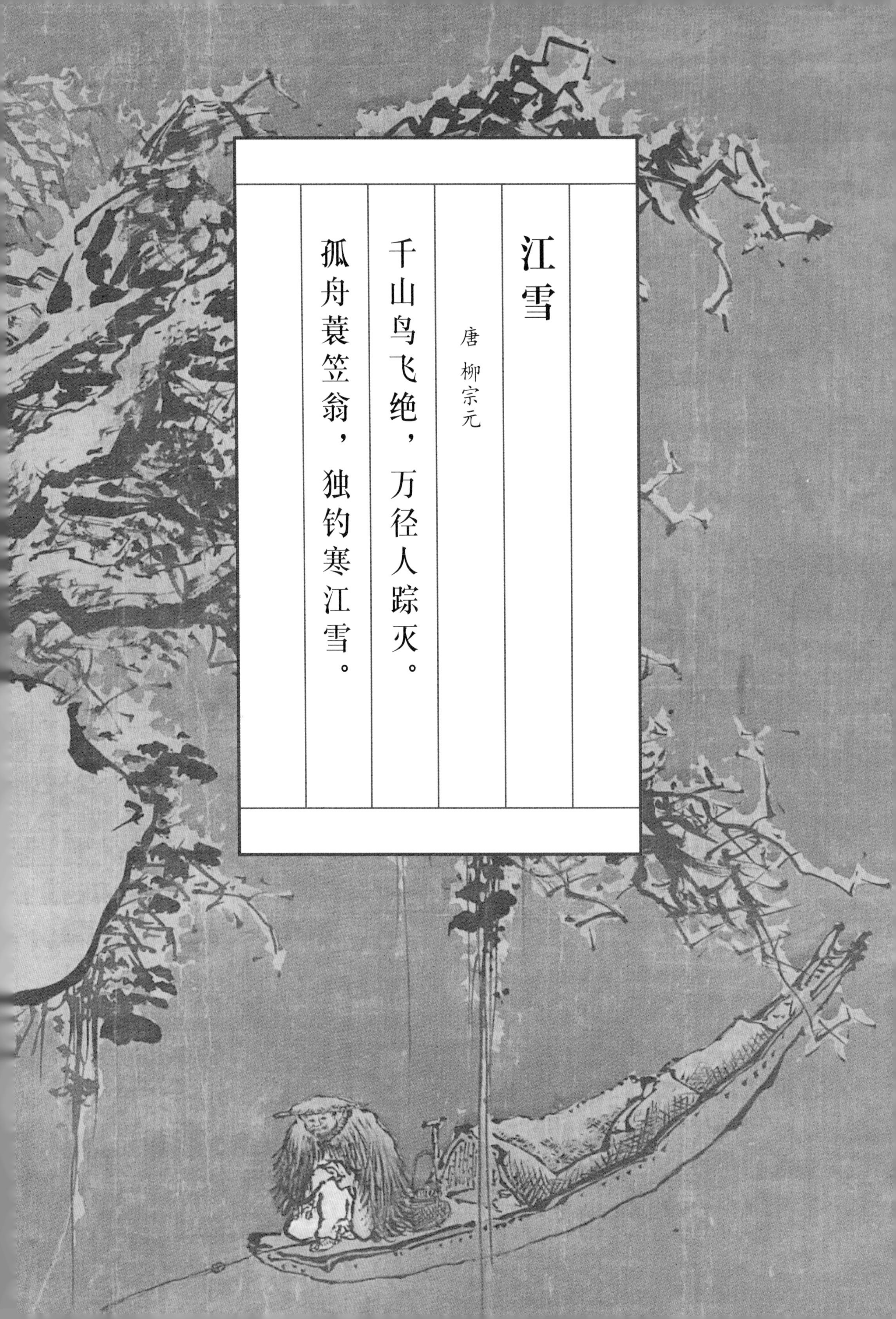

千山鳥

飛絕萬

一 二 千

丨 山 山

白 白 鳥 鳥

飞 飛 飛 飛

幺 糹 絕 絕

艹 苜 萬 萬

千山鸟飞绝，万

徑人蹤滅孤舟

径人踪灭。孤舟

蓑笠翁

獨釣寒

艹 苎 莕 蓑 ⺮ 竺 笠 笠 八 公 翁 翁 犭 犸 猡 獨 钅 釒 釣 釣 宀 宑 実 寒

蓑笠翁，独钓寒

江雪

江雪
唐 柳宗元

江雪。 江雪 唐 柳宗元

悯农（其一）

唐　李绅

春种一粒粟，秋收万颗子。
四海无闲田，农夫犹饿死。

春種一

粒粟秋

春种一粒粟，秋

子　收
四　萬
海　顆

丿牛牝收　艹艹萬萬　旦果顆顆　丶亻了子　丶门四四　氵氵汐海

無閑田

農夫猶

无闲田，农夫犹

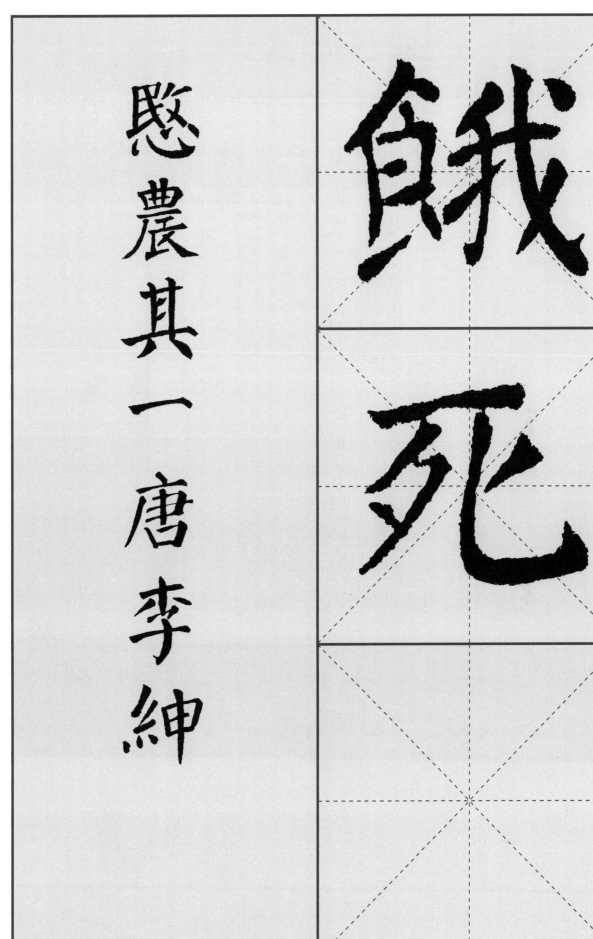

餓死

憫農其一 唐李紳

今 𩙿 飣 餓

一 歹 歹 死

饿死。 悯农（其一） 唐 李绅

咏柳

唐 贺知章

碧玉妆成一树高，万条垂下绿丝绦。
不知细叶谁裁出，二月春风似剪刀。

碧玉妝成一樹

王 珀 珀 碧

一 干 王 玉

丬 爿 妝 妝

厂 万 成 成

一

木 杜 桔 樹

碧玉妆成一树

高萬條
垂下綠

亠 亩 髙 高
艹 苜 萬 萬
亻 亻 攸 條
二 乕 垂 垂
一 丅 下
幺 糸 紅 綠

高，万条垂下绿

幺 𢆶 絲 絲

幺 糸 絘 絛

一 丆 不 不

𠂉 矢 知 知

幺 糸 細 細

艹 茾 䒦 葉

絲 絛 不

知 細 葉

丝绦。不知细叶

誰裁出

二月春

言 訁 誹 誰 土 𢦏 裁 裁 屮 屮 出 出 一 二 丿 月 月 月 三 夫 春 春

谁裁出，二月春

風似剪刀

詠柳

唐賀知章

几 凬 凮 風　亻 仏 似 似　䒑 肖 前 剪　𠃌 刀

风似剪刀。
咏柳　唐　贺知章

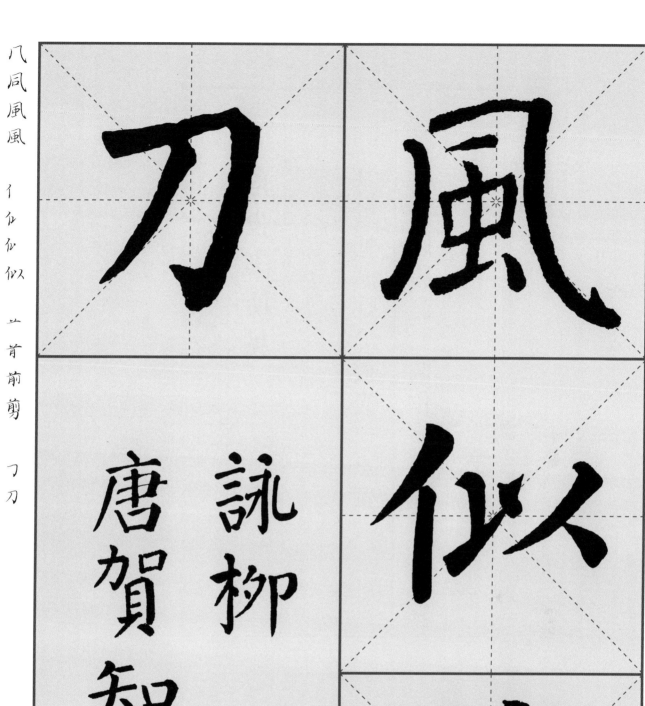

舟夜书所见

清 查慎行

月黑见渔灯，孤光一点萤。
微微风簇浪，散作满河星。

月黑見
漁燈孤

丿 月 月 月
冂 曰 里 黑
冂 月 月 見
氵 氵 渔 漁
火 炏 燈 燈
了 孑 孤 孤

月黑见渔灯，孤

光一點
螢微微

光一点萤。微微

几 凬 凬 風

⺮ 笷 簇 簇

氵 氵 浪 浪

艹 背 背 散

亻 仁 作 作

氵 汫 满 滿

風　散

簇　作

浪　滿

风簇浪，散作满

河

星

舟夜書所見

清 查慎行

河 日 旦 星

河星。

舟夜书所见 清 查慎行

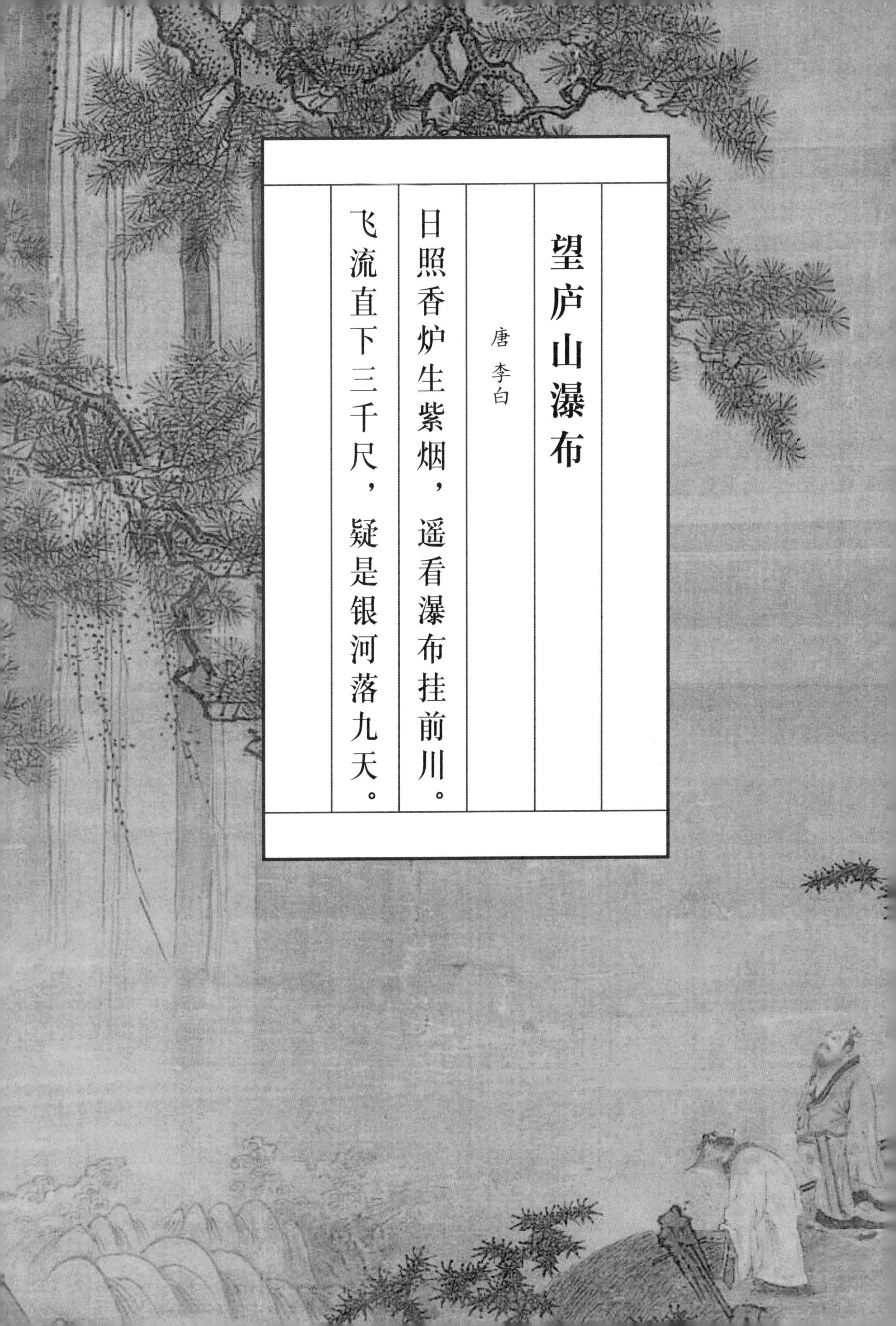

望庐山瀑布

唐 李白

日照香炉生紫烟，遥看瀑布挂前川。
飞流直下三千尺，疑是银河落九天。

日照香

爐生紫

日照香炉生紫

煙遥看

瀑布挂

烟，遥看瀑布挂

前川飛
流直下

前川。飞流直下

三千尺疑是银

三千尺，疑是银

一 二 三

丿 二 千

㇇ コ 尸 尺

𠂔 𠤕 𠤕 疑

冂 且 旦 是

𠆢 金 釦 银

氵 氵 沪 河 艹 茳 菠 落 丿 九 一 二 于 天

河落九

天

望廬山瀑布

唐李白

河落九天。

望庐山瀑布 唐 李白

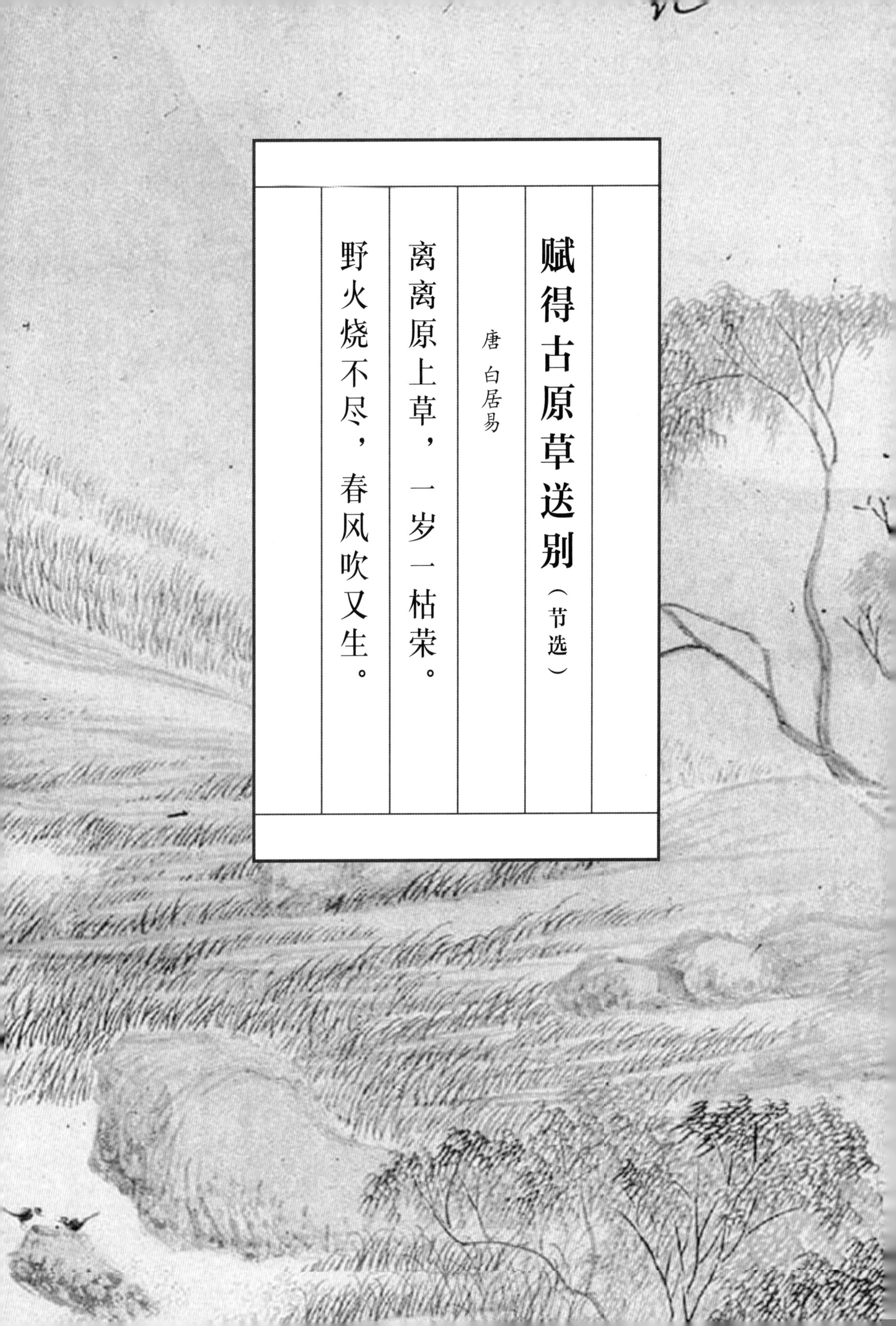

赋得古原草送别（节选）

唐 白居易

离离原上草，一岁一枯荣。
野火烧不尽，春风吹又生。

離離原
上草一

卤 离 离 離

卤 离 离 離

厂 历 盾 原

丨 卜 上

艹 艹 苩 草

一

离离原上草，一

止 岸 崇 歲 一

木 朩 杜 枯 枯

火 炏 炏 榮

日 里 野 野

丶 丷 少 火

歲一枯

榮野火

岁一枯荣。野火

燒不盡
春風吹

火 灶 焅 燒
一 丆 不 不
⺕ 聿 肃 盡
三 夫 春 春
几 凬 凮 風
口 口 吹 吹

烧不尽，春风吹

又生。

赋得古原草送别（节选） 唐 白居易

又

生

賦得古原草送别

節選唐白居易

㇇ 又

𠂉 𠂉 牛 生

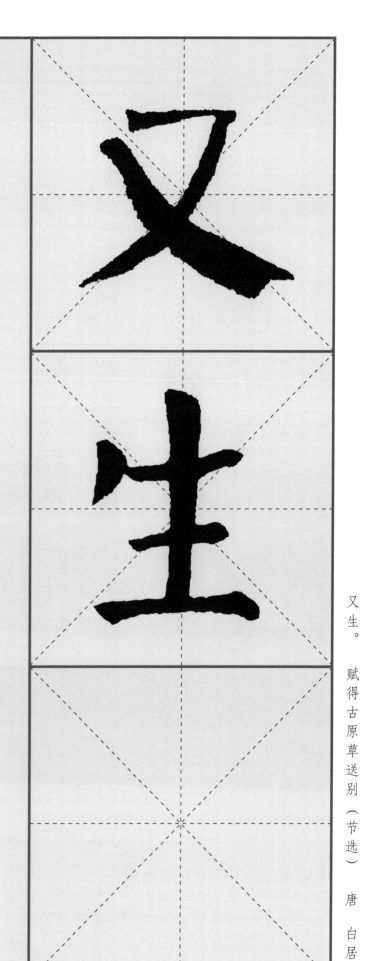

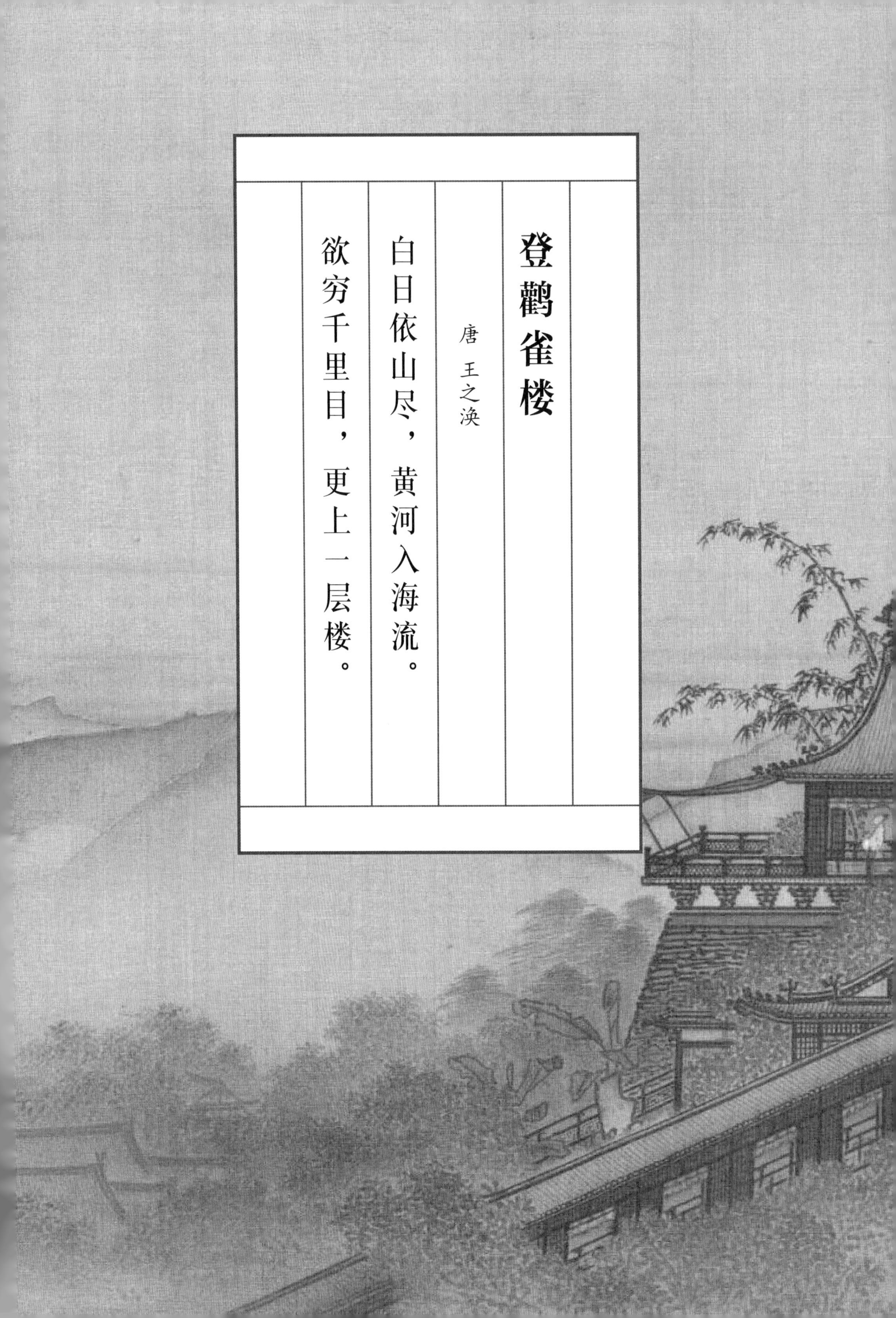

登鹳雀楼

唐 王之涣

白日依山尽，黄河入海流。
欲穷千里目，更上一层楼。

白日依山尽，黄

白 日 依

山 盡 黄

白 日 依 山 盡 黄

河入海

流欲窮

河 入 海 流 欲 窮

河入海流。欲穷

丿 二 千

冂 曰 甲 里

丨 冂 月 目

丆 百 更 更

丨 卜 上

一

千

里

目

更

上

一

千里目，更上一

層樓

登鸛雀樓

唐王之渙

一尸屆層

木柈樓樓

层楼。登鹳雀楼 唐 王之涣

村居

清 高鼎

草长莺飞二月天，拂堤杨柳醉春烟。

儿童散学归来早，忙趁东风放纸鸢。

草長鶯

飛二月

草长莺飞二月

一 二 𠂇 天

扌 扌 扫 拂

土 坦 埋 堤

木 朾 楊 楊

木 杪 柳 柳

丆 酉 醉 醉

天 拂 堤

楊 柳 醉

天，拂堤杨柳醉

春煙兒

童散學

三 𡗗 春 春

火 炣 烟 煙

𠂉 𣅀 𦣝 兒

亠 立 音 童

卄 昔 背 散

𦥑 𦥯 𦥯 學

春烟。儿童散学

忙 归

色 色 鯄 歸
㇆ 平 来 来
冂 日 旦 早
八 忄 忄 忙
土 圭 赴 趁
㇆ 百 申 東

趁 来

東 早

⺇ 凨 凬 風

亠 方 㫃 放

幺 糸 糹 紙

弋 鳶 鳶 鳶

風放紙鳶

村居

清 高鼎

风放纸鸢。

村居 清 高鼎

绝句

唐 杜甫

两个黄鹂鸣翠柳，一行白鹭上青天。

窗含西岭千秋雪，门泊东吴万里船。

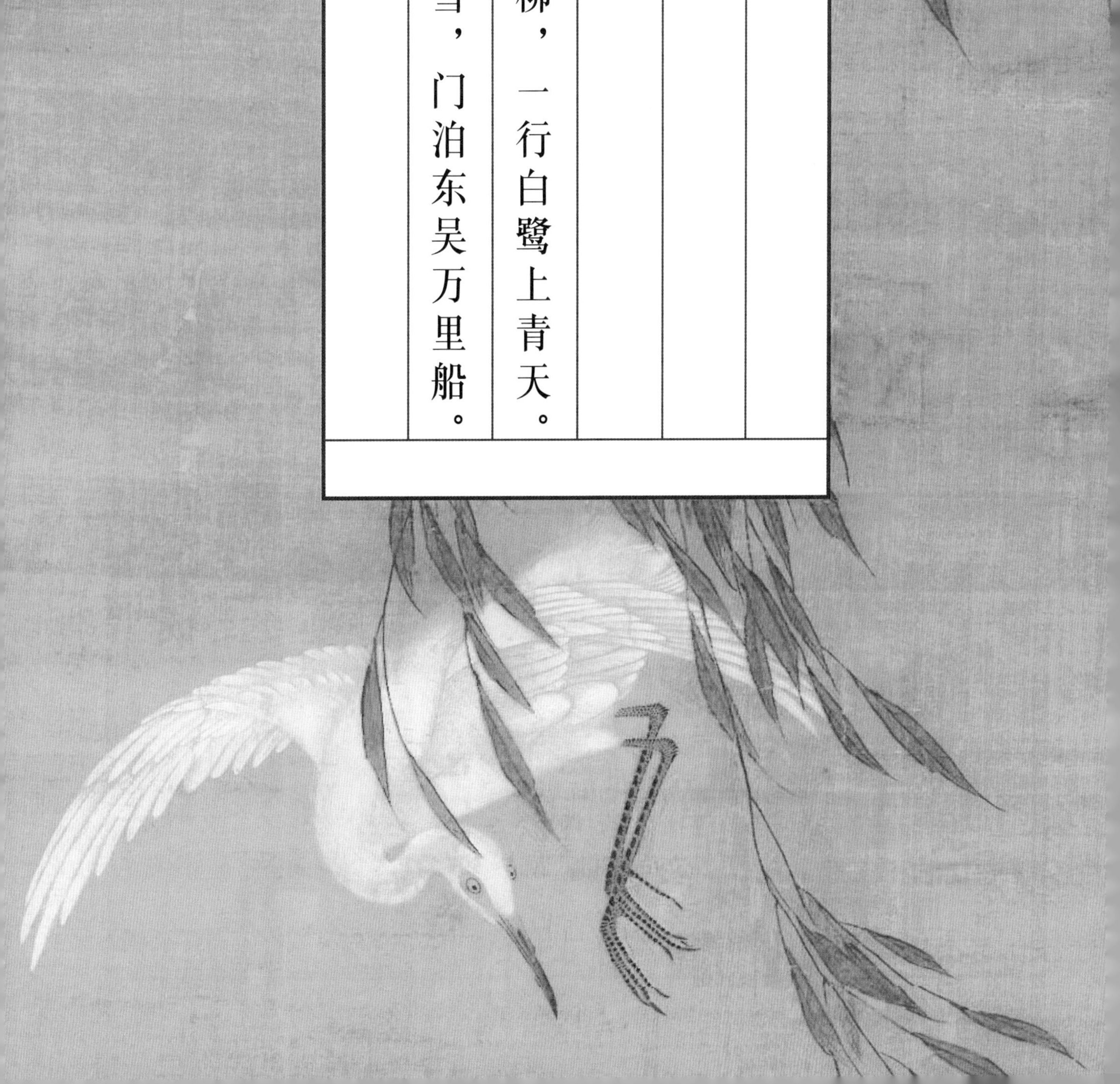

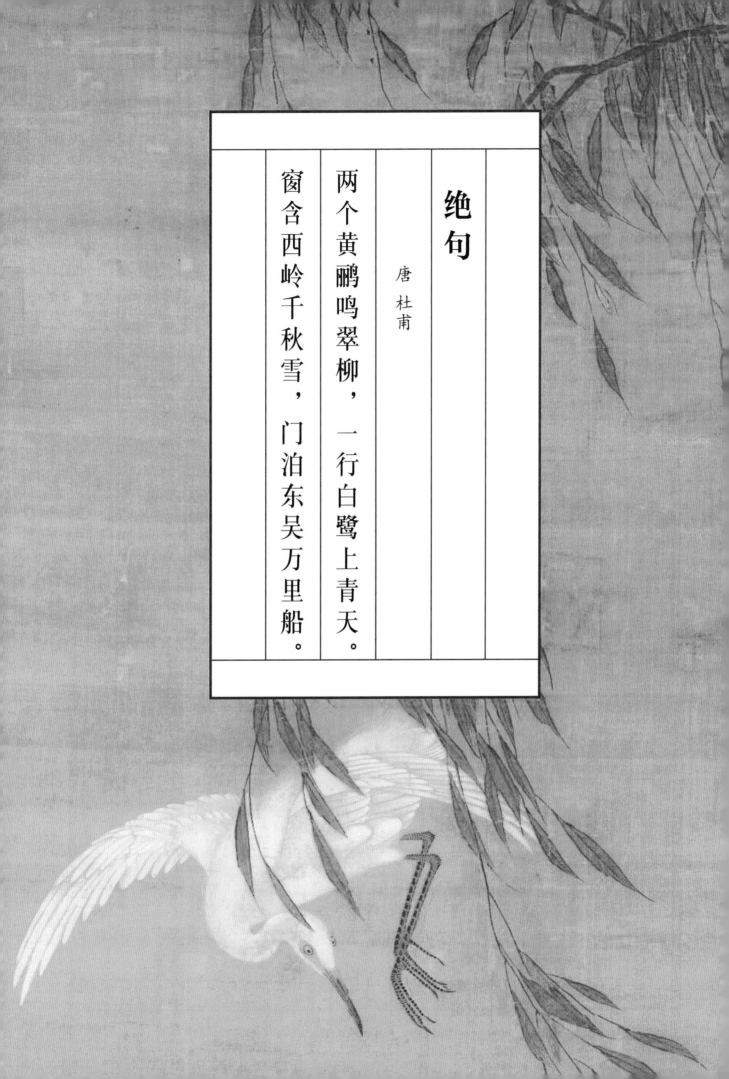

兩個黃
鸝鳴翠

一 丙 丙 兩
亻 们 個 個
廿 廿 黄 黃
丽 麗 麗 鸝
口 叩 鳴 鳴
彐 翌 翠 翠

两个黄鹂鸣翠

柳一行

白鹭上

木 杪 杪 柳

一

ノ 彳 行 行

ノ 亻 白 白 白

𧾷 路 鹭 鹭

丨 卜 上

柳，一行白鹭上

青天窗
含西嶺

丰 圭 青 青
一 二 チ 天
宀 穴 穵 窗
八 亼 含 含
一 丅 襾 西
山 岑 嶺 嶺

青天。窗含西岭

千秋雪

門泊東

丿二千

千禾和秋

冖雨雪雪

尸尸門門

氵氵泊泊

白白東東

千秋雪，门泊东

吴萬里船

絶句 唐杜甫

吴万里船。 绝句 唐 杜甫

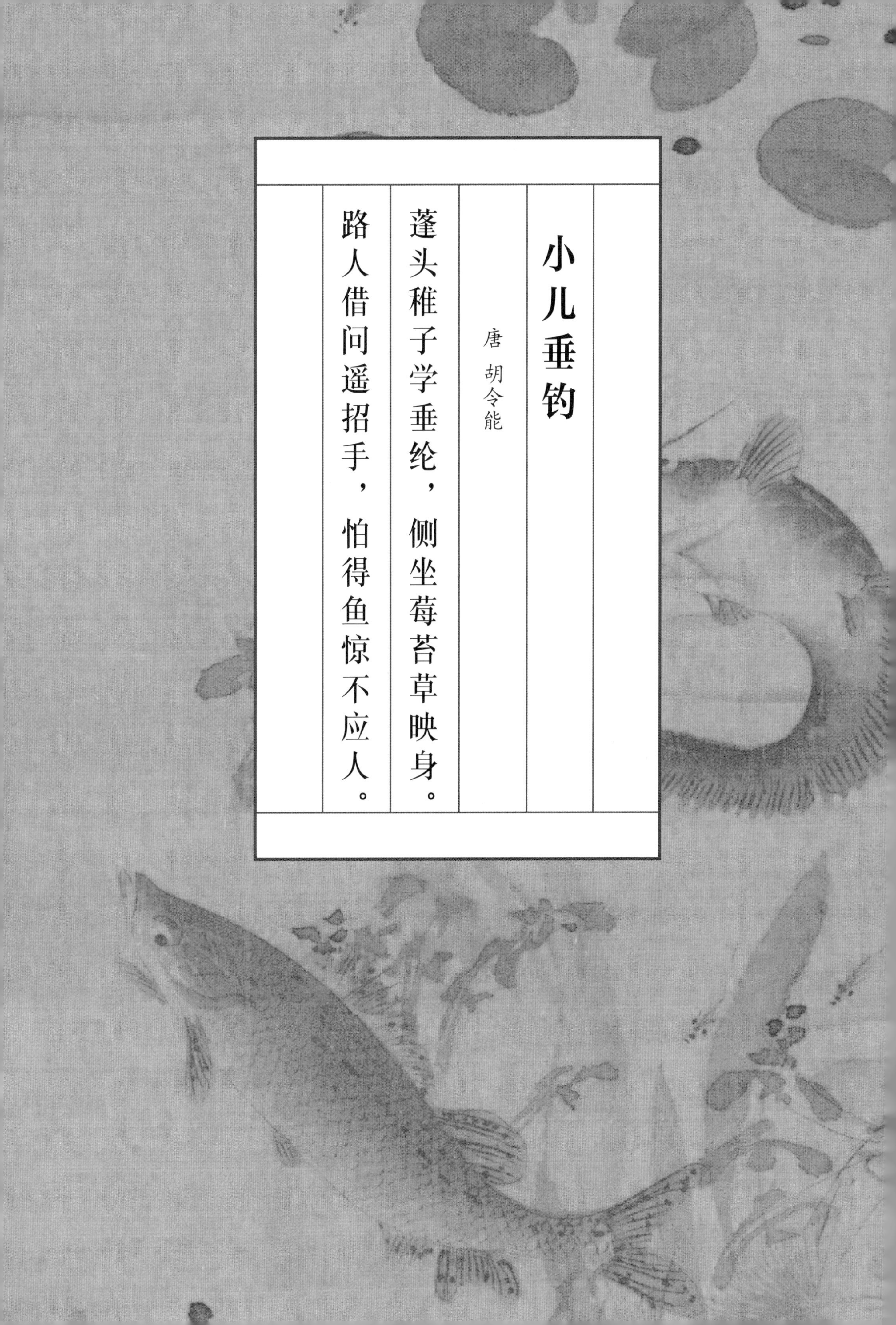

小儿垂钓

唐 胡令能

蓬头稚子学垂纶，侧坐莓苔草映身。

路人借问遥招手，怕得鱼惊不应人。

蓬頭稚子學垂

蓬头稚子学垂

綸側坐
莓苔草

纶，侧坐莓苔草

映身路
人借問

映身。路人借问

遥招

手怕

得魚

罒 缶 䍃 遥

扌 扨 招 招

ノ 二 三 手

丷 忄 怕 怕

彳 得 得 得

⺈ 𠂊 备 魚

遥招手，怕得鱼

驚不應人

小兒垂釣

唐胡令能

惊不应人。

小儿垂钓　唐　胡令能

梅花

宋 王安石

墙角数枝梅，凌寒独自开。
遥知不是雪，为有暗香来。

牆角數
枝梅凌

墙角数枝梅，凌

寒獨自
開遙知

寒独自开。遥知

不是雪

為有暗

一 丆 丆 不

冂 旦 早 是

宀 雨 雪 雪

夕 為 為 為

一 ナ 有 有

日 日 暗 暗

不是雪，为有暗

二 千 禾 香

丷 立 平 来

香来

梅花

宋王安石

香来。 梅花 宋 王安石

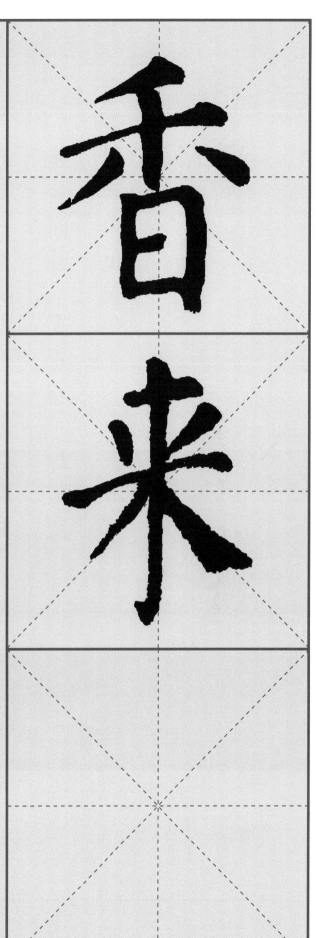

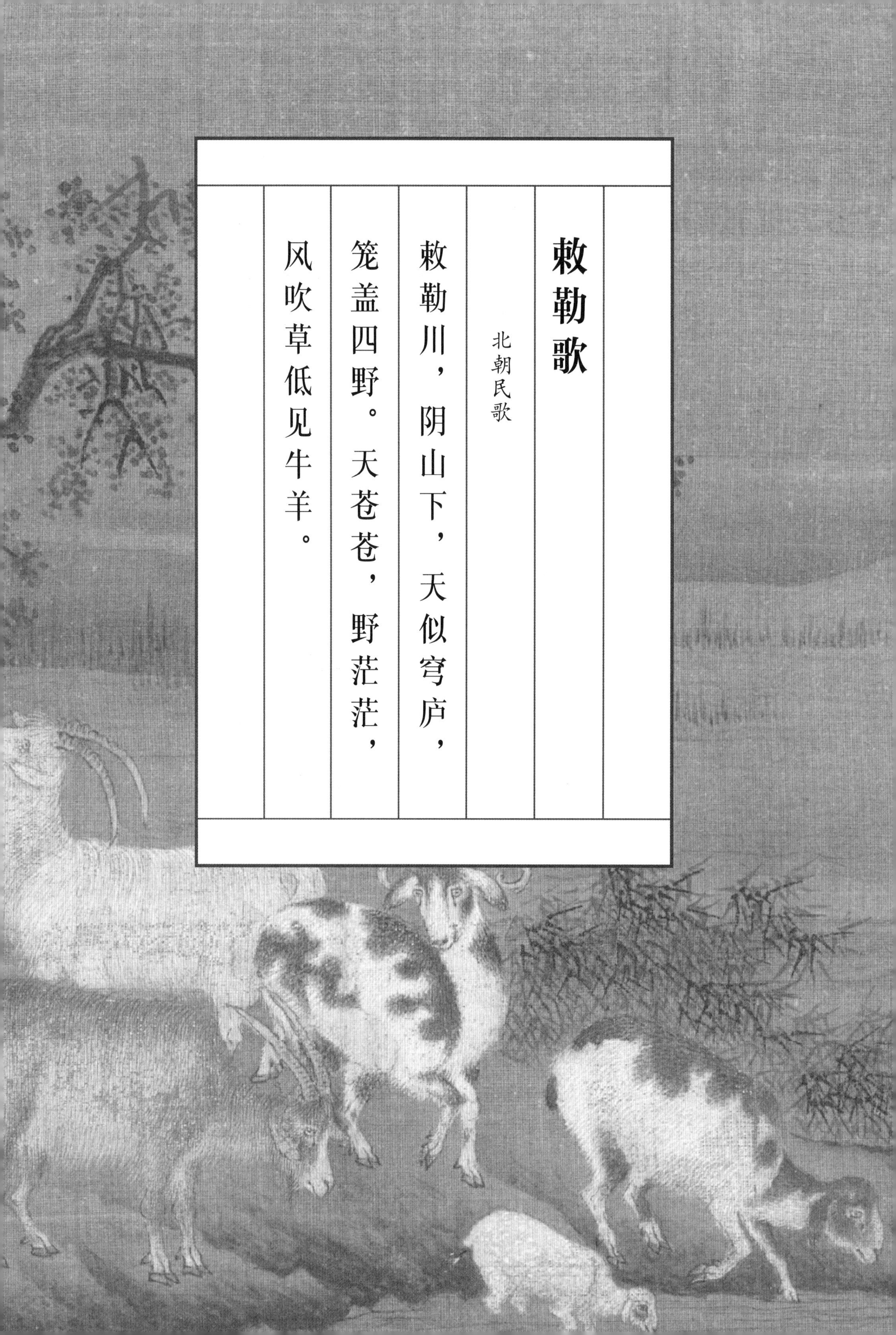

敕勒歌

北朝民歌

敕勒川，阴山下，天似穹庐，
笼盖四野。天苍苍，野茫茫，
风吹草低见牛羊。

敕勒川
陰山下

敕勒川，阴山下，

口 束 朿 敕　艹 苎 靪 勒　丿 川 川　阝 阝 阾 陰　丨 山 山　一 丅 下

天似穹

廬籠蓋

一 二 于 天

亻 化 似 似

宀 穴 穹 穹

广 庐 廬 廬

竹 笞 箭 籠

丷 羊 盖 蓋

天似穹庐，笼盖

四
野
天

蒼
蒼
野

四野。天苍苍，野

冂 冂 四 四
日 里 野 野
一 二 于 天
艹 艹 蒼 蒼
艹 艹 蒼 蒼
日 里 野 野

茫茫風吹草低

茫茫，风吹草低

冂 月 月 見
丿 𠂉 𠂉 牛
丷 䒑 兰 羊

見
牛
羊

敕勒歌
北朝民歌

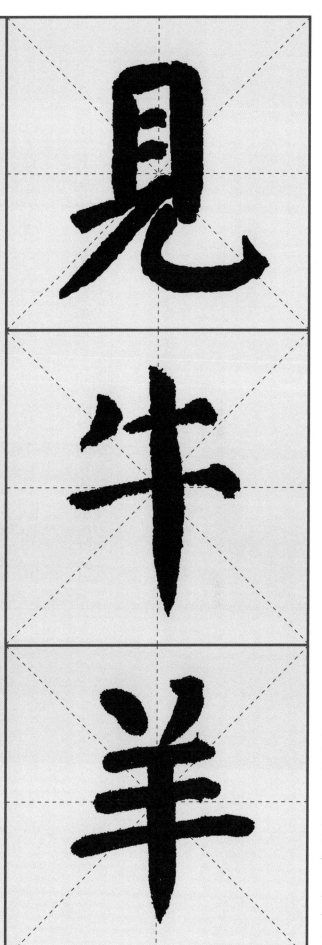

见牛羊。
敕勒歌
北朝民歌

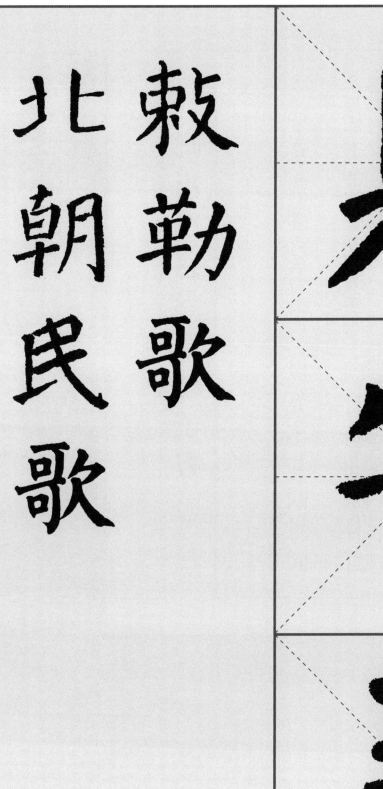

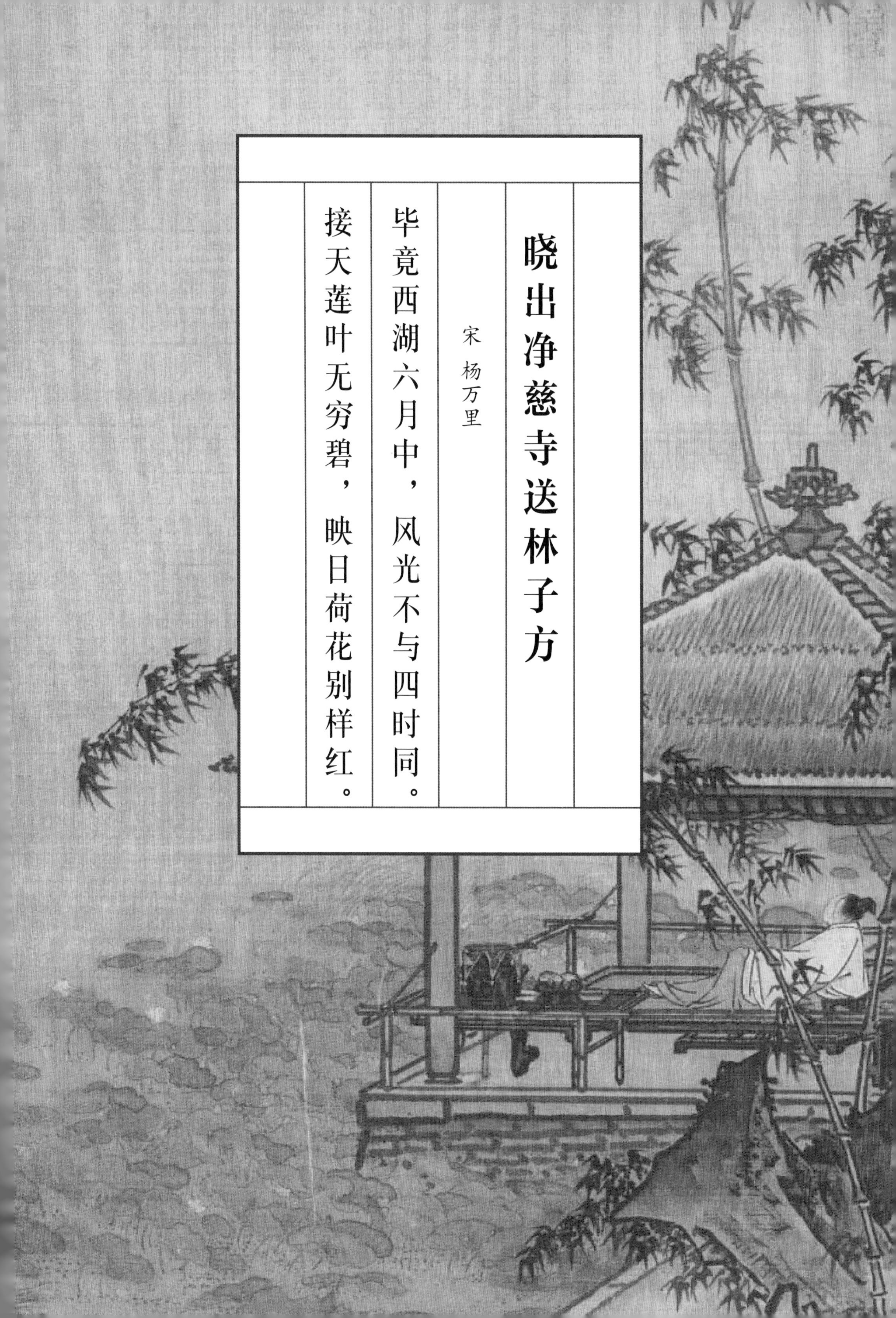

晓出净慈寺送林子方

宋 杨万里

毕竟西湖六月中，风光不与四时同。

接天莲叶无穷碧，映日荷花别样红。

畢竟西
湖六月

冂 日 昇 畢
亠 立 音 竟
一 丙 两 西
氵 汁 沽 湖
丶 亠 六 六
丿 月 月 月

毕竟西湖六月

中風光
不與四

丨 口 口 中
丿 几 凤 風
丨 业 光 光
一 丆 不 不
與
丨 门 四 四

中，风光不与四

時同接
天蓮葉

丨 日 旪 時
丨 门 冋 同
扌 扩 护 接
一 二 于 天
艹 苜 蓮 蓮
艹 苷 茟 葉

时同。接天莲叶

無窮碧

映日荷

无穷碧，映日荷

花別樣紅

曉出淨慈寺送
林子方
宋楊萬里

花别样红。晓出净慈寺送林子方　宋　杨万里

艹 艹 花
口 另 別 別
木 様 様 樣
纟 纟 糹 紅